PUNHOS

Pauline Peyrade

PUNHOS

Tradução: Grace Passô

COLEÇÃO DRAMA-TURGIA FRANCESA

Cobogó

A descoberta de novos autores e novas dramaturgias é a alma do projeto artístico que estamos desenvolvendo em La Comédie de Saint-Étienne desde 2011. Defender o trabalho de autores vivos e descobrir novas peças teatrais significa construir os clássicos de amanhã. Graças ao encontro com Márcia Dias, do TEMPO_FESTIVAL, e à energia dos diferentes diretores dos festivais que compõem o *Núcleo*, nasceu a ideia de um *pleins feux* que permitirá associar oito autores franceses a oito autores brasileiros e traduzir, assim, oito peças inéditas de cada país no idioma do outro; no Brasil, publicadas pela Editora Cobogó.

Na França, o Théâtre national de la Colline (Paris) e o Festival Act Oral (Marselha) se associaram à Comédie de Saint-Étienne para dar a conhecer oito peças brasileiras e seus autores.

Romper muros e construir pontes para o futuro: essa é a ambição deste belo projeto que se desenvolverá ao longo de dois anos.

Arnaud Meunier
Diretor artístico
La Comédie de Saint-Étienne,
Centre dramatique national

SUMÁRIO

Sobre a tradução brasileira, por Grace Passô 9

PUNHOS 11

Sobre a Coleção Dramaturgia Francesa,
por Isabel Diegues 79

Intercâmbio de dramaturgias, por Márcia Dias 83

Plataforma de contato entre o Brasil e o mundo,
por Núcleo dos Festivais Internacionais de Artes
Cênicas do Brasil 85

Sobre a tradução brasileira

A tradução que se segue foi realizada a seis mãos. Eu, Graciene Vernay e Gladys Paes de Souza nos debruçamos em um texto que ressoa de modo visceral – como uma música que nos move por dentro. Algumas características me chamam a atenção. Antes de tudo, o fato de haver aqui uma mulher contemporânea com um manancial de perspectivas em relação ao que significa ou pode significar o amor. Vemos os paradoxos que a fazem negociar a expectativa, a idealização, a realidade, a subjugação e o amor-próprio em suas relações amorosas. Existe aqui uma profunda e árdua batalha por entender-se e organizar-se internamente numa sociedade onde os poderes e valores do homem, estruturados sistematicamente por um histórico de patriarcados, exigem que mulheres encontrem modos dolorosos de sobrevivência. Percebo um desejo de resistência ao que está dentro de si há muito tempo, resistência ao que está arraigado e fundamentado em nossa constituição primeira.

Dividido em cinco movimentos de uma relação amorosa, *Poings* (aqui, *Punhos*) mergulha em limites existenciais e físicos em cada um deles, na tentativa de encontrar as forças que auxiliam a vencer violências sutis e explícitas. São cinco movimentos de uma mulher em estado de choque. Há uma brutalidade cirúrgica, bem medida, à qual a personagem é submetida, e tudo isso é narrado por seus pensamentos. Eles aparecem como uma voz que dialoga com os próprios medos, demonstrando a todo tempo que se está em luta consigo mesma. Esses diálogos e pensamentos são ditos simultaneamente e têm a mesma velocidade vertiginosa que experimentamos enquanto pensamos e agimos. Também me chama a atenção o modo com que a noção de tempo se ressignifica a cada gota da narrativa: ação, fala e pensamento tentam encontrar uma pulsação única, mas sempre a realidade parece ser mais veloz. Há aqui uma sinfonia que acontece entre pensamentos, diálogos, gestos e sonhos.

Pauline Peyrade é fiel à resistência da personagem. As batalhas que esta tem de travar consigo mesma não são só elucubrações sobre como reagir a tentativas de subjugação ou intimidação. São, além disso, batalhas musculares, concretas em seu corpo – ideias que refletem sua própria condição aqui estão em ação, mesmo que, por vezes, apareçam como pensamentos. E qual é essa condição? Não à toa, a autora usa na epígrafe uma citação de *L'insurrection poétique: Manifeste pour vivre ici*, de Rita Mestokosho:

> Eu vim de muito longe
> Para chegar até mim [...]
> Ainda escuto meu respirar ofegante
> Que corria em todos os sentidos da vida.

De onde vem tanta força que nos coloca menor dentro de nós mesmas? Certamente vem de muito antes de nós.

Grace Passô

PUNHOS

de **Pauline Peyrade**

"Eu vim de muito longe
Para chegar até mim [...]
Ainda escuto meu respirar ofegante
Que corria em todos os sentidos da vida."

Rita Mestokosho,
L'insurrection poétique: Manifeste pour vivre ici.

PERSONAGENS

VOCÊ

EU

ELE

– OESTE

120 bpm[1]

ELE:	
VOCÊ:	
EU:	*(p)*[2] Três. Três. Dois, três, quatro. Três. Três. Dois, três, quatro. Não perde. Dois,

ELE:	
VOCÊ:	
EU:	três. Dois, três. Dois, três, quatro. Isso. Três. Três. Dois, três, quatro. Três. Três. E.

ELE:	
VOCÊ:	
EU:	*(m)* Eu estou chegando no gramado. A excitação já vai subindo. Três. Três. Dois, três, quatro.

ELE:	
VOCÊ:	
EU:	Enfio os pés na terra. O barulho. A multidão. Sorrio. Dois, três, quatro.

---

[1] bpm = batimentos por minuto.
[2] *(pp) pianissimo/ (p) piano/ (m) mezzo/ (mf) mezzo forte/ (f) forte/ (ff) fortissimo.*

ELE:	
VOCÊ:	
EU:	A noite vai ser curta. *You can't hurt me cause I know you love me.* E. Eu abro um caminho

ELE:	
VOCÊ:	
EU:	até o meio da pista. Três. Três. Dois, três, quatro. O lugar que eu prefiro.

ELE:	
VOCÊ:	
EU:	Lá onde as ondas convergem. Dois, três. Dois, três. Dois, três, quatro. Outros preferem

ELE:	
VOCÊ:	
EU:	colar as orelhas nas caixas de som. Eu, não. Dois, três, quatro. Adoro ver as pessoas dançarem,

ELE:	
VOCÊ:	
EU:	sentir os corpos se esfregarem contra mim. Dois, três, quatro. Na multidão, me sinto viva.

120 bpm

ELE:	*(m)* Ela chega no gramado. A excitação já vai subindo.
VOCÊ:	*(p)* Três. Três. Dois, três, quatro.　　　　Três. Três. Dois, três, quatro.
EU:	*(p)* Três. Três. Dois, três, quatro.　　　　Três. Três. Dois, três, quatro.

ELE:	Cabelo loiro. Olho preto.　　　　Ela é linda.
VOCÊ:	*you can't hurt me cause I know you love me*　　Dois, três. Dois, três, quatro.
EU:	*you can't hurt me cause I know you love me*　　Dois, três. Dois, três, quatro.

ELE:	Ela abre um caminho
VOCÊ:	Dois, três, quatro / *you can't hurt me cause I know you love me* / E
EU:	Dois, três, quatro / *you can't hurt me cause I know you love me* / E

ELE:	até o meio da pista.　　　　O lugar que eu prefiro.
VOCÊ:	Três. Três.　　　　　　　　　　Dois, três, quatro.
EU:	Três. Três.　　　　　　　　　　Dois, três, quatro.

ELE:	Lá onde os corpos se batem. Alguns preferem se afastar para respirar. Eu, não.
VOCÊ:	
EU:	

ELE:	Eu amo sentir os corpos se fundindo. 　　　　As peles se esfregando contra mim.
VOCÊ:	Três. Três. Dois, três, quatro.
EU:	Três. Três. Dois, três, quatro. Três. Três. Dois, três, quatro.

ELE:	Na multidão, eu me sinto vivo.	
VOCÊ:	Três. Três. Dois, três, quatro.	Três. Três. Dois, três, quatro.
EU:	Três. Três. Dois, três, quatro. Dois, três, quatro.	Três. Três. Dois, três, quatro.

120 bpm

ELE:	
VOCÊ:	*(m) The first time I saw you / your little perfection / I must be insane / your little perfection*
EU:	

60 bpm

ELE:		*(m)* Sessenta batimentos por minuto
VOCÊ:	*/ you can't hurt me cause I know you love me*	
EU:		

ELE:	
VOCÊ:	*(m)* Eu danço no meio da multidão. O som é maravilhoso. Os corpos tremem. Um prazer
EU:	

80 bpm

ELE:	Oitenta batimentos por minuto	
VOCÊ:	raro.	Olho ao meu redor. Em todo lugar
EU:		

ELE:	
VOCÊ:	o mesmo espetáculo. Os olhos fechados, os braços soltos, uma total descida de órgãos.
EU:	

100 bpm

ELE:	Cem batimentos por minuto
VOCÊ:	*(mf)* As cabeças ondulam. As barrigas seguem o ritmo. O ácido
EU:	

120 bpm

ELE:	Cento e vinte batimentos por minuto
VOCÊ:	queima nas veias. *(f)* Aumentam o som.
EU:	

ELE:	
VOCÊ:	As cabeças se erguem, os lábios se abrem. Os graves pulsam. O tempo para.
EU:	

0 bpm   120 bpm

ELE:	*(p) you can't hurt me cause I know you love me*	
VOCÊ:		
EU:		*(p)* Ele te alcança na pista. Ele é lindo. Ele parece

ELE:	
VOCÊ:	*(p) you can't hurt me cause I know you love me*
EU:	feliz. Ele se inclina e grita alguma coisa

ELE:	*(f)* "Boa noite!"
VOCÊ:	*(pp)* "Boa noite!"
EU:	no ouvido. *(m) Você* não entende. Ele repete. Seus olhos mudam de

ELE:	"Como você se chama?"
VOCÊ:	
EU:	cor. Suas mãos são imensas. Você não entende. Ele te olha. Você sorri. Ele pega

ELE:	*(pp)* há algo de puro no final dessa violência.
VOCÊ:	*(pp)* há algo de puro no final dessa violência.
EU:	seu queixo. Isso te machuca. Ele continua

ELE:	Há o amor mais puro no final dessa violência.
VOCÊ:	Há o amor mais puro no final dessa violência.
EU:	falando. Sua voz é suave.

ELE:	
VOCÊ:	*(f)* "Não estou entendendo nada!"
EU:	*(mf)* Você faz mais um sinal para ele. Ele não entende. Ele não entende

0 bpm

ELE:	*(f)* "Não estou ouvindo nada!"	*(m)* Você é linda.
VOCÊ:		
EU:	*(m)* Ele te olha. Seus olhos vão escurecendo.	

120 bpm

ELE:	Quer dançar?	
VOCÊ:		
EU:	*(m)* Ele sorri. Ele parece feliz. Você se aproxima. Vocês voltam a	

ELE:	*(m)* Acontece alguma coisa.
VOCÊ:	
EU:	dançar. Cara a cara, cada vez mais perto. Você sente que acontece alguma

ELE:	Não sei o que é. Eu te olho, e sinto que acontece alguma coisa. O que	
VOCÊ:	*(m)* Não sei o que é.	É sempre assim. Quando
EU:	coisa.	Você não sabe o que é, mas você sente que

ELE:	é?	Essa atração. É uma loucura.
VOCÊ:	acontece alguma coisa, a gente não se dá conta na hora.	
EU:	acontece alguma coisa.	

ELE:	*(p)* Chega mais perto.
VOCÊ:	Muito forte. Muito bom.
EU:	Alguma coisa mexe com você. *(p)* Ele te olha.

ELE:	*(p)* Você sente essa atração? Você sente?
VOCÊ:	Eu sinto.
EU:	Ele se aproxima. Ele se inclina. Ele te beija. Seu fôlego.

ELE:	
VOCÊ:	*(p)* Está acontecendo alguma coisa.
EU:	para. *(m)* Alguma coisa mexe com você.

ELE:	*(pp)* Me beija. Me beija.
VOCÊ:	*(pp)* Me beija.
EU:	Ele te beija. Alguma coisa acontece. Você não quer.

ELE:	*(m)* Desliga essa cabeça.
VOCÊ:	
EU:	*(mf)* Ele te beija. Você recua. Ele te olha. Seus olhos mudam de cor.

ELE:	Está acontecendo alguma coisa. Olha pra mim.
VOCÊ:	
EU:	Ele te olha de novo. O que você está fazendo?

ELE:	*(mf)* Está acontecendo alguma coisa. Olha pra mim.
VOCÊ:	
EU:	Ele te olha de novo. Você olha

ELE:	*(f)* "O que você está fazendo?"
VOCÊ:	*(p)* Elas parecem delicadas.
EU:	suas mãos. *(m)* Disseram que quando tiver medo, olhe para as

ELE:	"O que você está falando?"
VOCÊ:	*(f)* "Como você se chama?"
EU:	mãos. *(mf)* O que você está fazendo? Se controla. O que você está fazendo?

ELE:	*(f)* "Você é linda!"
VOCÊ:	*(m)* Ele inclina a cabeça e grita alguma coisa no meu ouvido. Eu recuo. Ele se aproxima.
EU:	

ELE:	"Por que você vai embora? Fica!"
VOCÊ:	Eu recuo mais. Seus olhos mudam de cor.
EU:	

ELE:	"É a primeira vez que você vem aqui?"
VOCÊ:	Suas mãos são imensas. Sua voz é doce.
EU:	*(p)* Não são os olhos que traem um agressor. São as

ELE:	Nunca tinha te visto."
VOCÊ:	*(mf)* Nós começamos a dançar de novo, cara a cara, cada vez mais perto.
EU:	mãos.

ELE:	"Você é linda."
VOCÊ:	Ele sorri. Ele se aproxima. Lentamente, mas cada vez mais
EU:	O que você está fazendo?

ELE:	*(pp)* Você não se sente viva de novo?
VOCÊ:	rápido.
EU:	Por que você não fala nada? Por que você não faz nada?

60 bpm

ELE:	
VOCÊ:	Ele me pega. Ele me beija.
EU:	*(p)* Isso acontece no meio da pista. Perdidos entre 3 mil

ELE:	
VOCÊ:	
EU:	pessoas que se movem em todas as direções. Ele sorri e o mundo desaparece. Coisas

80 bpm

ELE:	*(p)* Acontece no meio da pista. Perdidos entre 3 mil pessoas
VOCÊ:	
EU:	assim acontecem. *(m)* Tem que olhar os rostos.

ELE:	que se movem em todas as direções. Eu a vejo e o mundo inteiro desaparece.
VOCÊ:	
EU:	A cabeça colada nas caixas de som, os corpos colados uns nos outros, você está sozinha. A cabeça se cansa

100 bpm

ELE:	Coisas assim acontecem. *(pp)* Acontece no meio da pista. Perdidos entre 3
VOCÊ:	*(p)* Acontece
EU:	rápido. A fumaça, a luz que muda o tempo todo. Quando eles balançam o estroboscópio, que

ELE:	mil pessoas que se movem em todas as direções. Eu a vejo e o mundo ao redor desaparece.
VOCÊ:	no meio da pista. Perdidos entre 3 mil pessoas que se movem em todas as direções.
EU:	começa a piscar por todos os lados, fodeu. É genial. Todo mundo vaza. Não tem mais

ELE:	Coisas assim acontecem.
VOCÊ:	Ele me vê e o mundo inteiro desaparece. Coisas assim acontecem.
EU:	ninguém. Você tem a impressão de que tudo pode acontecer.

0 bpm

ELE:	*(p)* The first time I saw you / your little perfection /
VOCÊ:	*(m)* The first time I saw you / your little perfection / I must be insane /
EU:	

ELE:	I must be insane / your little perfection / you can't hurt me cause I know you love me
VOCÊ:	your little perfection / you can't hurt me cause I know you love me
EU:	

120 bpm

ELE:	*(mf)* "Você já veio? Não! Eu teria te notado."
VOCÊ:	
EU:	*(mf)* Ele se aproxima de você. Ele parece decidido.

ELE:	"Você veio sozinha? Com amigos?"
VOCÊ:	
EU:	Você está com medo. Você quer gritar, mas não consegue.

ELE:	"Dança comigo."
VOCÊ:	
EU:	Seus pés parecem de chumbo. Sua barriga treme. Você já não sente as pernas.

ELE:	*(m)* Você está com medo? De quê?
VOCÊ:	
EU:	*(f)* Vai. Cai fora. Faz alguma coisa. O que você está esperando?

ELE:	Eu não vou te fazer nada.
VOCÊ:	
EU:	*(mf)* Você quer gritar, mas não sai. Como se você não quisesse que ele fosse embora. Como se

ELE:	*(pp)* Não pensa nada. Dança.
VOCÊ:	*(p)* Vai.
EU:	não quisesse ninguém atrapalhando vocês. Ele te olha. Seus olhos te

ELE:	Você é linda.
VOCÊ:	
EU:	petrificam. Ele pega seus quadris. Ele te puxa. Ele te empurra. Ele gruda em você. Diga alguma

ELE:	Dança. Assim. Três. Três. Dois, três, quatro. Três. Três. Dois, três, quatro. Não
VOCÊ:	Três. Três. Dois, três, quatro.
EU:	coisa. Ele se esfrega. Ele te beija de novo. Suas mãos são imensas. Não deixe ele te

ELE:	perde, não. *(m)* Três. Três. Dois, três, quatro. Isso. Dois, três. Dois, três. Dois, três,
VOCÊ:	*(m)* Três. Três. Dois, três, quatro. Dois, três. Dois, três,
EU:	tocar. *(f)* Reaja. O que você está fazendo? Por que não fala nada?

140 bpm

ELE:	quatro. *(f)* Dois, três. Dois, três. Dois, três, quatro.
VOCÊ:	quatro. *(f)* Dois, três. Dois, três. Dois, três, quatro.
EU:	*(ff)* Pare. Pare. O que você está fazendo?

ELE:	Três. Três. Dois, três, quatro. Três. Três. Dois, três, quatro. Três. Três. Dois, três,
VOCÊ:	Três. Três. Dois, três, quatro. Três. Três. Dois, três, quatro. Três. Três. Dois, três,
EU:	Você sabe o que vai acontecer se não reagir. Você sabe o que vai acontecer se for mais longe.

160 bpm

ELE:	quatro. Três. Três. Dois, três, quatro. *(m)* Três. Três. Dois, três, quatro. Três. Três.
VOCÊ:	quatro. Três. Três. Dois, três, quatro. *(m)* Três. Três. Dois, três, quatro. Três. Três.
EU:	Pare. *(mf)* Sua mão na bunda dele. Sua língua na boca dele.

ELE:	Dois, três, quatro. Três. Três. Dois, três, quatro. Três. Três. Dois, três, quatro. Três.
VOCÊ:	Dois, três, quatro. Três. Três. Dois, três, quatro. Três. Três. Dois, três, quatro. Três.
EU:	*(ff)* Você sabe o que está acontecendo. Você sabe muito bem o que você está

ELE:	Dois, três, quatro.	*(p)* Três. Três.	Dois, três, quatro.
VOCÊ:	*(m)* Eu fecho os olhos.	Ele morde minha boca.	
EU:	prestes a fazer.		

ELE:	Três. Três.		Dois, três, quatro. *(f)* Dance.
VOCÊ:	Devagarzinho,	depois cada vez mais forte.	
EU:			

ELE:	*(p)* Três. Três.	Dois, três, quatro.	*(ff)* Dance.
VOCÊ:	*(f)* Minha respiração para.	Ele me olha.	Eu tremo.
EU:			

ELE:	*(p)* Três. Três.		Dois, três, quatro.
VOCÊ:	Ele me aperta.	Eu tremo.	
EU:	*(f)* Você não pode ir a lugar nenhum.	Você não quer ir a lugar nenhum	

ELE:	*(ff)* Dance!	*(p)* Três. Três. Dois, três, quatro.
VOCÊ:	Ele me aperta mais.	Eu não posso ir a lugar nenhum.
EU:		apesar do medo que grita no seu ouvido.

ELE:	*(ff)* Dance!	*(p)* Três. Três.	Dois, três, quatro.
VOCÊ:	*(ff)* Dance. É bom.	*(f)* Seu cheiro.	Sua pele.
EU:	Você se aproxima.	Você já pode	sentir o fim.

ELE:	*(ff)* Dance! *(m)* Três. Três. Dois, três, quatro.
VOCÊ:	*(ff)* Dance. *(f)* A gente começa a dançar de novo Cara a cara,
EU:	Isso começa

ELE:	*(ff)* Dance. *(m)* Três. Três.
VOCÊ:	cada vez mais perto. Ele sorri
EU:	como uma luta, isso vai acabar como uma luta.

ELE:	Dois, três, quatro. *(f)* Você não se sente viva de novo?
VOCÊ:	e o mundo ao redor fica menor.
EU:	

ELE:	Tem alguma coisa de puro nessa violência. Dance. Nós estamos sós.
VOCÊ:	Tem alguma coisa de puro. Ele me olha. Nós estamos sós.
EU:	Você não vê nada. Você não quer ver.

ELE:	Não tenha medo. A noite vai ser longa. Dance. Você é linda.
VOCÊ:	Maravilhosamente sós. Eu não posso ir a lugar nenhum.
EU:	Você quer voltar atrás, mas não consegue. Você se enganou.

ELE:	Dance. Sozinhos. Não tenha medo. A noite vai ser longa. *(ff)* Dance!
VOCÊ:	Eu fecho os olhos. Sós. Maravilhosamente sós. Eu não posso ir a lugar nenhum.
EU:	*(ff)* Olha!

ELE:	Você é linda! Dance! Dance!
VOCÊ:	Eu fecho os olhos.
EU:	Olha! Olha!

0 bpm

ELE:	
VOCÊ:	
EU:	*(m)* A primeira vez que eu te vi. Sua pequena perfeição. Eu devo ser maluca. Sua pequena

ELE:	
VOCÊ:	
EU:	perfeição. Eu não me machuco, já que eu sei que você me ama.

– **NORTE**

EU: Eu vejo a casa. A porta está aberta e não tem ninguém lá dentro. Não tem telhado, as paredes tremem e o chão, parece que o chão é de diamante. Ele brilha. Está de noite. O céu está por todos os lados. Dá para ver como em pleno dia. É lindo. No meio da sala, há uma mesa imensa, iluminada por um fogo imenso que cospe chamas imensas que fazem desenhos de todas as cores. Cenas de amor se erguem das chamas e parecem se transformar em fumaça. Cheira bem. Eu como um pouco do fogo. Tem gosto de açúcar. É muito forte. É muito bom. Escorre pela minha garganta. Alivia. Eu não sei mais, mas sei que sei.

Eu vejo a floresta. Ela está calma. A terra é de ouro, e o céu, parece que o céu é de diamante. No meio da floresta, um lago imenso com árvores imensas afundando nas estrelas. Está de noite. A lua está por todos os lados. As folhas verdes das árvores imensas acariciam meu rosto. É lindo. Cheira bem. Arregalo os olhos. Uma folha se solta das árvores imensas e cai no lago. Ela afunda. A água é funda. Eu me vejo. Eu não me reconheço, mas sei que me conheço. Uma camada de gelo se enrola em meus pulsos. Eu olho o céu acima do horizonte. Parece que ainda estou respirando. Eu tusso um pouco. E aí passa.

Eu vejo a casa. Na sala, um homem põe a mesa para um banquete imenso. Ele é lindo. Ele está bem vestido. Cente-

nas de velas iluminam a mesa. É muito lindo. O homem se
aproxima. Ele pede para me vestir. Eu não entendo o que
isso significa. Ele coloca uma toalha nos meus ombros. Ela
está fria. Eu me arrepio. A toalha cai no chão. Eu pego. Ela é
pesada. Eu tremo. A toalha cai pela segunda vez. As chamas
imensas do fogo imenso se erguem até as profundezas da
noite.

Eu vejo a floresta e na floresta há o homem e aos pés do homem há o lago. O céu está no lago. Estou nua. Um peixe
imenso dança do meu lado. Ele é lindo. Ele brilha. Cenas
de amor estão tatuadas em suas escamas. Eu sinto o peixe
mexer sobre minha barriga. Faz cócegas. Eu sorrio. Bolhas
escorregam entre meus dentes. O homem me olha. Ele é
lindo. Eu sinto seus olhos. Ele não olha para o meu corpo. Ele
sorri. A água penetra por todos os poros da minha pele. Ela
acaricia meus músculos por dentro. Faz cócegas. Eu tusso.
Eu continuo tossindo.

Eu vejo a casa. As paredes são pretas e as janelas, parece
que as janelas queimam. A noite está por todos os lados.
Eu sinto cada vez mais frio. Na sala, a festa está no auge.
As pessoas riem, bebem, dançam. É lindo. O homem fala
com uma mulher muito bonita. Eu não me reconheço, mas
sei que sou eu. Eles sorriem. Eles bebem vinho. Eu bato
no vidro. Eles não me ouvem. O vinho escorre no vestido
da mulher muito bonita. Eu chamo. Eles continuam falando.
Eu lambo o vidro. Um pouco de pó de vidro gruda na minha
boca. Eu arranho o vidro com as unhas. Pequenos estilhaços
caem em minhas mãos. Eu lambo. Os estilhaços entram na
minha língua. Cortam um pouco. O homem e a mulher muito
bonita caem na risada. Eles não me veem. Eu quebro o vidro
da janela que queima. O homem e a mulher muito bonita
bebem. O vinho escorre pelo queixo deles. Eu chamo. Eles
não se viram. As pessoas em volta continuam dançando.
Eu quebro outra janela, enfio vidro na minha boca. A mulher

muito bonita me olha. É duro. É doce. Mastigo. Eu sangro
um pouco. Meus dentes cortam.

Eu vejo a floresta. O lago congelado. Árvores imensas. Um
raio de luar atravessa as folhas. Elas queimam. A noite está
por todos os lados. Estou com medo. Eu mergulho o nariz
na terra. Eu respiro. Mordo. Como. Eu tento me levantar. As
árvores se desmoronam. Eu enfio a cabeça na terra. A lua
me ofusca. Eu tento me levantar. As árvores fogem. Elas
têm rostos. Nunca as vi, mas sei que as conheço. Suas raí-
zes tocam o céu. Eu tento segurá-las. Minha mão se agarra
a um pedaço preto de casca preta que cai de uma árvore
imensa. Eu arranco a casca, lambo a pele da árvore. Espi-
nhos se enfiam entre meus dentes. A seiva escorre no meu
estômago. Gruda. Cheira a açúcar. É bom. Minha garganta
tem sede. Mastigo a água da árvore. As árvores sumiram.
Procuro a casa. Procuro o lago. Não vejo nada. A terra está
por todos os lados. A poeira seca minha garganta. Estou com
frio. Transpiro. Os ruídos estão por todos os lados. Não passa.
Chamo. Não tem ninguém. Chamo mais alto. Minha voz bate
nas paredes do céu. Meus tímpanos rangem. Não respiro.
Tusso. Continuo tossindo.

A mulher muito bonita coloca a mão no meu pescoço. Eu
olho para ela. Ela não fala nada, mas eu sei que ela está falando. Ela limpa minha testa. Os braços. Os seios. Os ombros.
Queima. Ela limpa meu corpo inteiro. A barriga. O sexo. Eu
tusso. Ela faz um sinal para que eu me cale. Eu não entendo.
Ela enfia o punho na minha boca. Dói. Eu grito. Ela enfia.
Sua pele roça minha garganta. Tento mordê-la. Eu não tenho
mais dentes. Ela enfia. A escuridão está por todos os lados.
Eu a empurro. Meus braços sumiram. Eu empurro. Continuo
empurrando.

Abro os olhos. Seu sexo na minha boca. Sua mão na minha
nuca. Ele empurra. Eu tento me soltar. Não sinto mais meus

braços. Seu punho no meu cabelo. Ele se agarra em mim.
Puxa. Ele empurra de novo. Uma mecha de cabelo na minha
boca. Balanço um pouco a cabeça. Ele empurra com mais
força. Balanço a cabeça. Ele aperta meu pescoço com mais
força. Dói. Ele se irrita. Ele empurra muito forte. Meu maxilar
cede. Ele enfia. A saliva escorre pelo meu queixo. Barulhos
horríveis escapam dos meus lábios. Eu grito. Ele suspira. Ele
enfia mais. Sua pele esfrega o fundo da minha garganta. Não
respiro mais. Balanço forte a cabeça. Ele grita. Ele bate. Seus
dedos ao redor do meu pulso. Queima. Ele pressiona mais.
Eu grito. Eu empurro. Eu balanço a cabeça com todas as
minhas forças. Ele grita. Ele bate mais forte. Paro de respirar.
Eu arranho. Ele enfia. Eu berro. Não ouço mais minha voz.
Viro um pouco a cabeça, tento aspirar um pouco de ar pelas
narinas. Apita. Eu me viro de novo. Vejo seus olhos. Eu não
o reconheço, mas sei que o conheço. Ele olha para mim. Eu
choro. Eu sei que ele me vê. Eu olho para ele. Seus lábios se
contorcem. Ele mete seu sexo no fundo da minha garganta.
Eu olho para ele. Tento mordê-lo. Ele bate mais forte. Meus
olhos o encaram. Ele se irrita. Ele bate cada vez mais forte.
Meus dentes apertam sua pele. Ele suspira. Ele bate. Minha
garganta é ácida. Ela range. Ele bate. Meus lábios racham.
Sangro. Ainda olho pra ele. Ele puxa meu cabelo, esmaga
minha testa contra sua barriga. Eu não vejo mais nada. Ele
aperta minha cabeça. Pelos se enfiam na minha pele. Nos
meus dentes. Eu choro. Ele se empina. Ele grita. Ele escorre
em mim. Eu fecho os olhos. Engulo. Ele se empina de novo.
Eu fecho os olhos mais forte. Eu engulo. Seu gosto serra
minha garganta. Lágrimas se amontoam no canto dos meus
lábios. O sal me tranquiliza. Ele aperta mais ainda. Eu engulo.
Ele murcha. Eu respiro. Sua mão relaxa. Eu tusso. Ele vai ao
banheiro. Escuto a água do chuveiro que cai. Eu tusso. Meu
rosto está encharcado.

Fecho os olhos. A mulher muito bonita me olha. Ela sorri,
mas eu sei que ela não sorri. Eu vejo a floresta. O lago está

vazio e as árvores sumiram. A noite está por todos os lados. O céu na minha garganta. Eu vejo a casa. Lá dentro, a festa acabou. As chamas imensas do fogo imenso aquecem o céu. É lindo. Nada se move. Calma por todos os lados. A mulher muito bonita continua olhando para mim. O céu escorre pela minha barriga. Dentro da casa, o homem dormiu.

– SUL

De carro, na rodovia. Ela o vê dirigir. É verão. Ele fuma. Cinzas do cigarro voam pela janela aberta do carro. No rádio, música eletrônica. Ele balança a cabeça no ritmo, canta às vezes, quando sabe a letra. Ele é bonito. Suas mãos estão calmas. De vez em quando ele lança para ela um olhar cúmplice. Isso a faz sorrir. Ela olha para ele. A fumaça do cigarro rebate no volante. Para no ar por um momento, antes de ser sugada pela janela.

ELE: Este ano a gente vai mergulhar.

VOCÊ: Mergulhar?

ELE: Manu comprou um equipamento novo. Pensamos em esmiuçar um pouco no fundo do lago.

VOCÊ: Você acha que tem coisas pra ver lá?

ELE: Talvez. Ninguém nunca foi ver.

VOCÊ: Deve ter uma razão pra ninguém nunca ter ido ver.

ELE: Tô nem aí. A gente pega o barco, faz um piquenique numa praia selvagem e depois mergulha um pouco na parte mais funda. A gente pode pescar, quem sabe?

VOCÊ: Tudo é possível.

Ela sorri. Ele joga o cigarro pela janela, abaixa o som do rádio.

VOCÊ: Eu adoro essa casa. Estou feliz demais de voltar aqui.

ELE: É.

VOCÊ: Eu compreendo que você não queira ir pra outro lugar.

ELE: Olha, o lago é mágico. Tem tudo. Amigos, churrasco. A gente sabe que está de férias quando a única pergunta que a gente faz é "O que vamos comer?".

VOCÊ: O programa é exatamente esse.

ELE: No resto do tempo, você faz o que quiser, e de preferência nada.

Ela sorri.

VOCÊ: A gente consegue o equipamento lá?

ELE: Pra quê?

VOCÊ: Pra mergulhar. Eu preciso de equipamento.

ELE: Ah, é. Sem equipamento, você vai congelar.

VOCÊ: Você tem, não tem?

ELE: Eu acho que pra mulher não tem sobrando na casa. Que burrice, nem pensei nisso.

VOCÊ: Será que encontro um lá?

ELE: Não tenho certeza. Na verdade, o mergulho em lago não existe. Ao mesmo tempo, não é certo que teria te agradado.

VOCÊ: Você está brincando, né? Pegar o barco e ir para praias selvagens, fui eu que falei com você disso no ano passado.

ELE: Se é só isso, você pode vir assim mesmo.

VOCÊ: Eu não vou só pra ficar vendo vocês mergulharem.

ELE: Você é uma piranha, a gente ia te perder na água.

VOCÊ: Ha-ha.

Ele olha para ela.

ELE: De toda maneira, você não pratica esporte nenhum.

EU: Eu?

VOCÊ: Bobagem.

ELE: Patins não é esporte.

VOCÊ: Você nunca tentou.

ELE: Não, porque é bobo.

VOCÊ: Como você sabe? Eu te dei um par e ainda está com a etiqueta.

ELE: É. Porque é uma coisa boba.

VOCÊ: Você que é bobo.

ELE: Ah. Não se ofende, não.

EU: Eu tô ofendida? Você abre seu bico aí pra falar como sempre e nem tentou.

VOCÊ: Tô nem aí.

EU: Você fala sem saber e acha que sabe de tudo.

ELE: Eu não vou mentir pra você. Eu não vou dizer que eu gosto de alguma coisa se eu não gostar.

VOCÊ: Eu sei.

EU: Você não sabe de nada.

ELE: E eu tenho direito de não gostar do que você faz.

EU: Você não sabe nada.

VOCÊ: Eu sei, obrigada.

ELE: A gente pode não gostar das mesmas coisas, tudo bem!

EU: Tudo bem.

VOCÊ: Não, tá tudo bem.

ELE: Você pode até gostar de patins, se você quiser...

VOCÊ: Vai te catar!

Ele ri. Isso a faz sorrir.

ELE: Isso não te chateia?

VOCÊ: Não.

ELE: Você vai ficar bem, você vai ter a casa toda pra você.

EU: Quê?

VOCÊ: Quê? Eu não posso nem ir com vocês?

ELE: Se você quiser, mas, enfim, pode ser que você fique de saco cheio. Eu não quero que você se chateie.

VOCÊ: Eu não vou me chatear.

ELE: Se você for lá e ficar de saco cheio, eu não vou ficar à vontade, aí nem vou curtir, sabe?

EU: Quê?

VOCÊ: Ahm...

EU: E agora? Você tá curtindo? Numa boa?

ELE: A gente não precisa decidir isso agora. Você pegou seu laptop?

VOCÊ: Peguei.

ELE: Você vai ficar bem em casa. Numa boa.

Eles se calam por um instante. Ele olha para ela.

ELE: Você é linda.

Ela sorri.

ELE: Piranha.

EU: Vai te catar.

VOCÊ: Vai te catar.

Ele ri.

ELE: Te amo.

Ela não diz nada.

ELE: Te amo.

VOCÊ: Eu também te amo.

ELE: Sacanagem.

EU: Vai te catar.

VOCÊ: Vai te catar.

Ele ri.

ELE: Pega uma bala pra mim?

Ela obedece. Ele mastiga. Ele cantarola.

ELE: Tá emburrada?

EU: Não.

VOCÊ: Não.

ELE: Ah... Tá emburrada?

EU: Não.

ELE: Tá emburrada.

EU: Vai te catar.

Ela suspira.

ELE: Por que você tá suspirando?

VOCÊ: Não tô suspirando.

ELE: Se é pra você fazer essa cara, eu vou dizer ao Manu que não posso ir com ele, e pronto.

VOCÊ: Eu não falei nada.

EU: Não tô emburrada.

ELE: A gente também não precisa ficar grudado o tempo todo.

EU: Não tenho 12 anos.

VOCÊ: Eu sei.

ELE: Você fica com essa cara amarrada e depois eu tenho que adivinhar. Você é um saco.

Ela suspira.

EU: Seu merda.

ELE: Desculpa falar, mas é verdade. A gente nunca sabe o que você pensa. É difícil saber o que fazer. E para mim não é nada agradável. Parece que você não confia em mim.

EU: Não.

VOCÊ: Confio.

ELE: Parece que eu sou um sacana e que eu vou te devorar se você disser alguma coisa. É um saco.

VOCÊ: Para. Você tá delirando.

ELE: Mas é mesmo, desculpa dizer assim, mas é verdade. Você nunca diz nada.

EU: O que você quer que eu diga?

ELE: Tá vendo. De novo, você não diz nada.

VOCÊ: O que você quer que eu diga? Você quer mergulhar com seu colega, você não quer que eu vá, o que você quer que eu diga?

ELE: Mas eu não disse que eu não queria que você viesse.

VOCÊ: Você não tá nada alegre.

ELE: Tô dizendo pra você. Pra que você não fique de saco cheio. Eu não quero que você se sinta obrigada a ir.

VOCÊ: Eu te disse dez vezes que eu tava com vontade. Fui eu que dei a ideia do barco.

ELE: Eu não esperei por você para gostar de barco.

Ela suspira.

EU: Você disse que eu não falo nada, mas você tá vendo o que acontece quando eu ouso dizer alguma coisa?

ELE: Quê? Que foi?

VOCÊ: Nada.

ELE: Eu não estou com raiva, tô te falando. Eu falo como um adulto fala com outro adulto. Olha sua cara. Parece uma criança com medo de levar uma bronca.

Ela não diz nada.

ELE: Eu não vou te dar uma bronca. Eu não sou seu pai.

VOCÊ: Não tem nada na minha cara.

ELE: Quando você faz essa cara, eu não posso falar nada.

Ela suspira.

ELE: Eu não tô inventando sua cara, eu tô vendo.

Ela não diz nada.

ELE: Hum.

Ela espera.

VOCÊ: Desculpa. Não é você. Sou eu. É um problema meu. Não consigo falar, é isso mesmo. Você não pode fazer nada.

ELE: É um problemão.

VOCÊ: Eu sei. Desculpa.

ELE: Não precisa se desculpar, eu falei pra te ajudar. Eu gosto de você como você é, mas você devia resolver isso, por você.

VOCÊ: Tá bom.

ELE: Eu te amo. Eu não quero que você tenha medo de me dizer as coisas.

VOCÊ: Eu não tenho medo.

EU: Tá, entendi.

ELE: Não dá gosto uma menina que nunca diz nada.

Ela não diz nada.

ELE: Desculpa. Eu sou sem jeito.

Ela não diz nada.

ELE: Eu te magoei?

EU: Não.

ELE: Eu só quero seu bem, tá?

EU: Tá bom.

ELE: Porque eu te amo, tá?

EU: Tá.

Eles se calam por um momento.

ELE: Amanhã de manhã vamos fazer compras. Tem que ser cedo, porque no domingo a loja fecha à tarde.

VOCÊ: Tá bom.

ELE: Você sabe o número?

VOCÊ: Quê?

ELE: A placa do carro. Eu não quero ficar esperando duas horas no estacionamento como da última vez.

VOCÊ: Tá bom. Eu conheço o carro.

ELE: Qual é o número?

VOCÊ: Tudo bem. Eu não sou burra.

ELE: Nada a ver. Eu também conheço. AL – e depois?

VOCÊ: Você me enche.

ELE: AL –

Ela suspira.

ELE: AL –

EU: 287-XM-94

VOCÊ: AL–287-XM-94

ELE: Tá bom.

Ele sorri. Isso a faz sorrir.

ELE: Vamos comprar as coisas pro churrasco. Eu vou falar pro Manu dar um pulo lá. Pode ser?

VOCÊ: Tá.

Ele olha para ela.

ELE: Tá feliz?

VOCÊ: Tô.

Ele sorri.

ELE: Enquanto a gente estiver mergulhando, você pode fazer outras coisas. Se você quiser dar um passeio, viajar uns dias, não tem problema.

VOCÊ: Tudo bem.

ELE: De verdade. Eu vou entender.

VOCÊ: Não. Eu prefiro esperar.

ELE: Tem certeza?

VOCÊ: Tenho. Eu prefiro estar com você.

Ele sorri.

ELE: A gente não precisa decidir agora. A gente vê depois.

VOCÊ: Tá.

ELE: Tudo bem? Você não tá emburrada?

VOCÊ: Não.

Ele sorri.

ELE: Me dá um cigarro?

Ela acende um cigarro e entrega para ele. Ele fuma. Ele aumenta o som do rádio, percorre as estações. Quando ele encontra algo que gosta, apoia as mãos no volante e começa a cantarolar.

Os minutos passam. A estrada passa imperturbável. Ela olha para a sombra das montanhas. Sua visão está turva. Ela respira sem fazer barulho.

Ele vira a cabeça para ela. Ela se assusta. Ele sorri. Isso a tranquiliza. Ela olha para ele. Seus olhos secam. Ela sorri. Ele olha para ela.

EU: Seu merda.

Ela não diz nada.

PONTOS

Por que você não
diz nada?

Não dá gosto uma meni-
na que nunca diz nada.

Puta.

The first time I saw you.
Your little perfection.
I must be insane.
Your little perfection.

Vou estar sempre aqui.

Se você for embora,
eu não volto mais.

Você é linda.
Estou feliz.
Por que você
não diz nada?
Você está feliz?
Não quero que você
tenha medo de mim.
Você pode confiar
em mim.
Vou estar sempre
aqui pra você.
Vou ser seu anjo
da guarda.
Eu não deveria ter
dito isso a você,
é verdade.
Não deveria ser assim,
é verdade.
A culpa é toda minha.
Eu tenho que aprender
a viver com isso.
Você é tão linda.
Eu te amo.
Você é linda.
Vou estar sempre aqui.
Se você for embora, eu
não volto mais.

A culpa é minha.

Eu não deveria ter feito
isto, é verdade.

A culpa é minha.

The first time I saw you.
Your little perfection.

I must be insane.
Your little perfection.

Loira.

Há o mais puro amor
no final dessa violência.

Vou estar sempre aqui.
Se você for embora,
eu não volto mais.

120 bpm[3]	*120 bpm*	*120 bpm*	*120 bpm*
Eu quero que você seja feliz.	Vadia.	Dois, três, quatro. Dois, três, quatro. Dois, três, quatro.	Eu não deveria ter feito isso, é verdade.
Você gostou disso.	Puta.	Você não entendeu nada.	Não deveria ser assim, é verdade.
Isso não deveria ser assim.	Isso não deveria ser assim.	*Piranha: nome comum aos peixes teleósteos caraciformes da família dos caracídeos, fluviais, que possuem dentes numerosos e cortantes, sendo carnívoros e extremamente vorazes.	A culpa é minha.
Você é tão linda.			
Tive nojo de mim.	Barulhos horríveis.		Eu não deveria ter dito isso, é verdade.
Você não gostava disso.	Fiz isso pra te ajudar.		
Você e eu.			Vejo a casa.
Esta atração.	Você gostou disso.	Não dá gosto uma menina que nunca diz nada	Você me pertence.
Naquela noite, eu entendi que você podia ir embora.	Você gostou disso.		Eu sou seu.
		Não é amor.	Tive nojo de mim.
Você não me aceitou.	Há o mais puro amor no final desta violência.	AL–287-XM-94[5]	Você não entende que eu te amo?
		Eu te amo.	
Filha da puta.		Mais forte.	Filha da puta.
Mentirosa.	Puxe.	Você não entende que eu te amo?	Pense em outra coisa. Se você não pensa, não existe.
Eu sou ciumento, é verdade.	Mais forte. Empurre. Me deixe.[4]		
Puta.		Me deixe.	Filha da puta.

---

[3] bpm = batimentos cardíacos por minuto.
[4] uma mecha de cabelo na boca.
[5] Tenho doze anos, não.

140 bpm	80 bpm	100 bpm	120 bpm
Eu vejo seu sorriso.[6] Nesse sorriso há alegria, mas também, parece, tem outra coisa. Eu vejo suas mãos. Elas vêm pra cima de mim. Elas me tocam, e ao mesmo tempo parece que elas nem se mexeram. O medo está nas suas mãos. Ele fala e, ao mesmo tempo, parece que ele não diz nada. Eu o olho.	Ele não vai entender. Ele vai querer explicações. Ele vai querer te convencer que você não pode existir sem ele. Você sabe o que isso quer dizer, "existir sem ele"?	Você pôs os seus patins. Você os apertou bem.[7] Você abriu a porta.[8] Lá dentro, ele ainda dormia. Você sabia muito bem o que ia acontecer. É uma força de resistência interna. Você entrou na luta. Você queria que ele te seguisse.	Minha cadelinha. Minha putinha. Eu te amo. Pega ela. Por que você tá chorando?[9] Você era virgem quando a gente se conheceu? Agora você está marcada.[10] Tá feliz?

---

[6] Eu vejo a casa. Na frente da casa tem o lago e ao redor do lago tem a floresta. Ele sobe no barco, me faz um sinal com a mão. Liga o barco. Eu o chamo. Ele não escuta.

[7] É coisa de bobo.

[8] Café des Martyrs. Banca de jornais. Pizzaria Vesúvio. Gare de l'Est. Boulevard Sébastopol. Châtelet. Pont des Arts. Odéon. La Jacobine. UGC Danton. Número 5. Número 7.

[9] Alguém que te ama não fica emburrado por duas horas só porque você não quis pagar um boquete.

[10] Sua mão se aproxima. Ela não me toca. Eu respiro. Eu sorrio. Sua voz se aproxima. Terminou.

Há uma sombra nos seus olhos.[11] Eu sei que é ele e ao mesmo tempo não o reconheço.	Existir sozinha, para você mesma, você sabe fazer isto? Dessa vez você não vai voltar.	Você não queria que te seguisse. Patins. Bolsa. Porta.[12] Você queria que ele tivesse orgulho de você.	Pelo amor de Deus, para. Você é bonita.[13] Para.	

160 bpm	100 bpm	50 bpm	80 bpm	130 bpm
Eu vejo a casa. A porta está aberta. Ele me olha.[14] Chamo por ele. Grito. Ele aperta. Ele empurra. Ele puxa. É muito bom.	Três. Três. Dois, três, quatro. Perde não. Não são os olhos que traem um agressor.[15]	Eu não quero que você tenha medo de mim.[16] Eu não sou um monstro. Você é tão linda.	Eu não tenho medo. Fui eu que te falei isso no ano passado. Suas mãos são calmas. Isso te tranquiliza.[17] Eu não sou seu pai.	Atenção na estrada. Esquerda, direita.[18] Relaxa o tornozelo. Não se precipite. Atenção. Isso não é amor.

---

[11] O barco atraca, ele se levanta, ergue um imenso peixe acima de sua cabeça. Ele sorri. Meus dentes me machucam.
[12] Café des Martyrs. banca de jornal. Pizzaria Vesúvio. Gare de l'Est. Rue Saint-Denis. Châtelet. Pont des Arts. Odéon. La Jacobine. Baleiro. Número 5. Número 7.
[13] Meus dentes me machucam.
[14] Eu te amo.
[15] Eu te amo.
[16] Meu amor, meu anjo, me perdoa.
[17] Alguém que te ama, você não tem que pensar duas vezes antes de dizer qualquer coisa.
[18] Café des Martyrs. Banca de jornal. Pizzaria Vesúvio. Gare de l'Est. Boulevard Sébastopol. Rue Saint-Denis. Châtelet. Pont des Arts. Odéon. La Jacobine. UGC Danton. Baleiro. Número 5. Número 7.

180 bpm	110 bpm	40 bpm	60 bpm	140 bpm
Ele se enfia. Afunda. Não tiro os olhos dele.[19] Ele fica nervoso. Esmurra cada vez mais forte. Meus dentes mordem sua pele. Ele suspira. Esmurra.	Atenção, fracasso garantido. Não é amor.[20] Ele é bonito. É a primeira vez?	Você e eu, a gente é indestrutível. Eu devo estar doida pra me embriagar de sua perfeiçãozinha que todo mundo ama.	Prefiro estar com você.[21] Não consigo falar. A culpa não é minha. Não dá gosto uma menina que nunca diz nada.[22]	Você não tem vontade de dar meia-volta. Você tem medo. Não tem nada a ver. Teu corpo esparramado no chão.[23] As férias à beira do lago.[24] Você gostou.

200 bpm	100 bpm	20 bpm	60 bpm	120 bpm
Minha garganta está ácida.[25] Ela range. Meus lábios racham. Eu sangro.	Boa noite.[26] *You can't hurt me cause I know you love me*	Sua família não me aceitou.[27] Seus amigos não me aceitaram.[28]	Te amo.[29] Sua cabeça.	O carrinho de supermercado. Os jogos de vocês na praia.[30] Vocês nunca riram assim.[31]

---

[19] Eu te amo.
[20] A culpa é minha.
[21] Tenho medo de existir sem você.
[22] Eu sou uma merda.
[23] Uma renúncia pacífica. Você não pode ir a lugar algum. Você gostou disso?
[24] Eu me chateio.
[25] Isso não é amor.
[26] Isso acontece no meio da pista. Perdido no meio de 3 mil pessoas que se movimentam em todas as direções. Eu o vejo, ele se aproxima e todo mundo desaparece. Coisas assim acontecem.
[27] Eu te desprezo.
[28] Eu te amo.
[29] Perdão.
[30] Eu amo te amar.
[31] Eu me chateio.

Eu continuo a olhar para ele.[32] Ele puxa meus cabelos, me esmaga a testa contra sua barriga. Não vejo mais nada. Não respiro mais. Ele se enfia.[33] Ele grita. Ele esmurra. Eu não respiro mais.[34]	Isso não me dói porque sei que você me ama.[35] Você é linda.[36] Esta atração. Que loucura. Chega mais perto.[37] É a primeira vez?[38]	Porque você não diz nada?[39] Minha cadelinha.[40] Minha putinha.[41]	Você é um saco. Não consigo dizer mais nada.[42] Você tem um problema.[43] A gente não precisa estar grudado o tempo todo.[44] Ah. Tá com raiva?[45] Ah.	Quem te ama não te força a fazer o que você não quer.[46] Não se diverte te fazendo chorar. Não te acorda no meio da noite.[47] Pensa em outra coisa.[48]

---

[32] Eu te amo.
[33] Eu te amo.
[34] Eu te amo e te amarei sempre.
[35] Há algo de puro no final dessa violência.
[36] Vai te catar.
[37] Eu não vou te amar nunca.
[38] Devagarinho.
[39] Eu não consigo falar. A culpa não é minha. Você não me escuta.
[40] Há o mais puro amor no final dessa violência.
[41] Sacana.
[42] Babaca.
[43] No hospital, a primeira coisa que se aprende é a comer, dormir e se lavar.
[44] Você me dá nojo.
[45] Cala a boca, babaca.
[46] Alguém que te ama não te força a pagar um boquete.
[47] A culpa não é minha.
[48] Sacana. Babaca. Sua merda humana.

– LESTE

EU:	VOCÊ:
	Atenção na estrada. Cuidado com as faixas. Choveu à tarde.
	Os braços. Esquerda, direita. As pernas. Direita, esquerda. Mantenha o equilíbrio. Dobre os joelhos. Relaxe os tornozelos. O braço direito acompanha a perna esquerda. Deixe os carros passarem. Não preste atenção ao barulho dos motores. Tá todo mundo te vendo. A estrada está com você. Todo mundo está com você. Não esbarre na calçada. Cuidado com os outros carros. Controle os movimentos.
AL–287-XM-94	
	Controle a velocidade. Concentre-se. As rodas sob seus pés. O chão sob as rodas. Esquerda, direita. Pegue o ritmo. Não vá depressa demais. Está escuro. Carros. Pedestres que atravessam sem olhar. Você não usa capacete. Esquerda, direita. Tá chegando. Seus músculos estão mais firmes. Seus olhos passeiam. Eles sabem melhor do que você pra onde olhar. O parque. A igreja atrás das árvores. Janelas. Centenas de janelas.
AL–287-XM-94	
	Janela. Janela. Janela. Galhos de árvores. Terraço iluminado. Um coquetel de pêssego festa música após o

vestibular. Em que ano foi isso? Sinal amarelo. Acelere. Dor na rótula direita. Queda de esqui distensão de ligamentos cruzados. Desacelere. Peso do corpo à esquerda. Não caia. Continue em frente. Café des Martyrs. Banca de jornal. Pizzaria Vesúvio. Nossa mesa perto do vidro na entrada. Não trema. Olhe pra frente. Cinco segundos à sua frente.

AL–

Pense em outra coisa. Se você não pensar, não existe.

seu corpo esparrama-
do no chão e você não
pode ir a lugar algum
você gostou

Cruzamento. Um nome de rua escrito pequenininho. Ilegível. "République". "Opéra". Gente pra todo lado. Não se perca. Não dê meia-volta. Se concentre. Escolha o trajeto. Boulevard Sébastopol. Mais rápido, mas mais perigoso. Rua St.-Denis. Mais seguro, mas você corre o risco de se perder. Você se perde o tempo todo. Nenhum senso de direção. Sinal verde. Decida. "Châtelet". "Opéra". "République". As buzinas se excitam. Um caminhão de entrega. Não é você. Fique calma. Tente lembrar. Você já passou por aqui? Você certamente já passou por aqui. Faça um esforço. Você vai acabar reconhecendo alguma coisa.

AL–287-XM-94

Vire à direita. O corredor do ônibus. Algo atrás de você te impede de seguir em frente. Um peso enorme. Um ímã que te puxa para trás. Acelere. Sua sombra diminui. Uma forte luz branca ofusca o canto dos seus olhos.

ele nunca pega o ônibus

> O barulho do motor está se intensificando. Ultrapasse devagar. Não vá rápido demais. Você quer ir rápido demais. Buzina. Os faróis estão se aproximando. Vá mais devagar. Não tenha medo. Não entre em pânico. Você entra em pânico. Não entre em pânico. Evite o choque. Ele vai diminuir. Buzina. Você se assusta. Não se assuste. Retome a direita. Cuidado com a calçada. Nada de movimento brusco. Não tropece. Não pare de uma vez. Buzina. Cole os braços ao longo do corpo. Aperte as pernas. Aperte os ombros. Fique na sua. Na sua. Na sua mesmo. Tire a mão do rosto. Olhe pra frente.

ele não te seguiu

> O ônibus ultrapassa. Alguns olhares te tocam. Outros se afastam. Nada a ver. Nada de drama. Você está intacta. Tome fôlego. Tranquila. Devagar. Você quer ir rápido demais. Fique tranquila. Salte a sarjeta. Você alcança os transeuntes na calçada. Alguns andam. Outros esperam. Outros empurram ou seguram um ao outro pela mão. Segurar a mão de alguém e soltar, é possível? Continue. Devagarzinho. Zigue-zagues. Esquerda, direita. Uma multidão na frente do cinema UGC Bonne Nouvelle. Dê a volta. Guarda-chuva. Jaqueta de couro. Os corpos ao seu redor. Imprevisíveis. Tome cuidado. Não toque em ninguém. Que ninguém te toque. Você cairia. Você machucaria alguém.

você se enganou você
não se enganou

> Rótula direita. Fadiga. Nada sério. Peso do corpo pra esquerda. Evite os vendedores de rosas. Bares. Restaurantes. Risos. Muitos risos. Vocês nunca ri-

ram assim. Você tem tempo. Dê um passeio. Você está longe. Você está segura. Ele não será capaz de te encontrar aqui. A multidão está com você. As ruas estão com você. Todo mundo está do seu lado. Curva à esquerda. Direção "Quais de Seine". O Sena. Você vai se sentir melhor do outro lado. No seu lugar. Onde tem o costume de viver. Seus hábitos. Eles não estão perdidos. Eles estão esperando por você. Do outro lado do rio Sena. No seu lugar. Do outro lado do Sena, ele não existe.

as férias no lago as brincadeiras na praia o carrinho de supermercado os congelados as escadas rolantes os papéis de bala amassados sob o banco do carro a fumaça no volante o pequeno flerte às pressas você gostou

Uma floresta de postes. A ponte está se aproximando. Grupos inebriados se acumulam no cais. Cigarros, minissaias, copos de plástico. Se você descesse, ninguém notaria. Você iria se enfiar na multidão. Você iria abrir caminho até a beira da água. Você tomaria uma. Você dançaria. Você riria com eles.

você gostou você gostou você gostou

O rio corre sob seus pés. As correntes embalam seus olhos. Você entende a vontade de pular. Mesmo quando não quer tanto. Mesmo quando não pensa nisso. No fim da ponte, um homem deitado em uma pilha de caixas. Talvez ele esteja dormindo. Talvez ele esteja aqui há mais tempo que isso. Seus membros estão dormentes. Você quer dormir. Você poderia esperar aqui pelo nascer do sol. Ficar aqui e esperar. Terminar sua corrida com os primeiros raios do dia. Você poderia desmoronar ali mesmo.

seu corpo esparramado no chão você não pode ir a lugar nenhum você gostou

Você sabe o que vai acontecer se você voltar. Você sabe o que vai acontecer se você der meia-volta. Se concentre. Não é você. Você não quer dar meia-volta. Você está com medo. Não é a mesma coisa.

você não deixou recado

O vento fica mais forte. Você desliza pelo corrimão. Suas rodas batem em ripas de madeira. O ferro gruda. Você não usa luvas. O céu. As fachadas debruçadas sobre as águas. O horizonte se abre. Quando você esqueceu que o mundo era tão grande? Quando você esqueceu que era tão pequena? Ele não te seguiu. Ele deve estar com raiva. É mentira. Você não foi a lugar nenhum. Você não queria magoá-lo. Ele empurra a porta. Ele te chama. Ele te procura. Você não deve nenhuma explicação a ele. Não é amor. Quem te ama não deseja seu mal. Quem te ama responde quando você fala. Fica contente quando você está feliz. Fica feliz quando você sorri. Quem te ama não tenta te quebrar toda. Não tenta tirar tudo de você. Você não pensa mil vezes antes de dizer alguma coisa pra quem te ama. Quem te ama não se diverte te fazendo chorar. Não te obriga a fazer o que você não quer fazer. Quem te ama não fica emburrado duas horas porque você não queria pagar um boquete. Quem te ama não te acorda no meio da noite para urrar com você. Quem te ama não te pune. Não te amedronta. Não tenta te machucar. Quem te ama não é assim. Isso não é amor.

você não deixou recado

        Mais alguns metros. Basta atravessar. Do outro lado do rio Sena. Se você não vê, não existe.

seu corpo esparramado
no chão você não pode ir
a lugar algum você gostou

        Quais de Conti. A circulação fica escassa. Alguns veículos descem para a margem em alta velocidade. Algo se move em você. Você se sente maravilhosamente vazia. Milagrosamente tenra. Você não quer voltar imediatamente. Você tem tempo. Ainda é cedo. Sinal verde. Tambores no seu peito. O vento contra as palmas das mãos. A cabeça imersa em um nevoeiro multicolorido. Você não está mais com medo. Você é livre. Nada é mais seguro. Nada é mais definitivo. Esquerda, direita. Você dança. Não é você quem está tremendo. São as suas pernas. É o cansaço. Curva à direita. Os ecos dos cais estão se afastando. O asfalto faísca. Cuidado com as faixas. A tinta no chão. Risco de derrapagem. Acelere. Seus patins queimam a estrada. O ar está frio. Lágrimas geladas escorrem pelo seu rosto. Não é você. É o vento. Não respire com força demais. Os escapamentos. Direto nos pulmões. Curva à esquerda. Odéon.

você não deu meia-volta

        Silhuetas ainda estão aparecendo. Não por muito tempo. Ou pela noite inteira. UGC Danton. Baleiro.

Acelere. Curva à esquerda. La Jacobine. Os andaimes. Mais rápido. Curva à direita. Mais rápido. Você não vai rápido o suficiente. As galerias. O colégio. Os livreiros.

você não deu meia-volta

Mais rápido. Curva à direita. Nada mudou. Número 5. Número 7. Número 9. A rachadura na pintura do portão. O código 17B38.

você não deu meia-volta

Em casa. O pátio ladrilhado. Não tropece. A bicicleta do vizinho perdeu uma roda. Há quanto tempo eu não voltava? Quanto tempo? Primeiro andar. Pés atravessados. Bloqueie as rodas. Eu não dei meia-volta. Segundo andar. Não solte a rampa. Eu não dei meia-volta. Terceiro andar. Rótula direita. Não force. Eu me enganei. Eu não me enganei. Corredor. Porta. Fechadura. Chave.

você não deu meia-volta

Eu não dei meia-volta.

você não deu meia-volta

Eu não dei meia-volta.

você não deu meia-volta

Eu não dei meia-volta.

você não deu meia-volta

Eu não dei meia-volta.

Sobre a Coleção Dramaturgia Francesa

Os textos de teatro podem ser escritos de muitos modos. Podem ter estrutura mais clássica, com rubricas e diálogos, podem ter indicações apenas conceituais, podem descrever cenário e luz, ensinar sobre os personagens ou nem indicar o que é dito por quem. Os textos de teatro podem tudo.

Escritos para, a princípio, serem encenados, os textos de dramaturgia são a base de uma peça, são o seu começo. Ainda que, contraditoriamente, por vezes eles ganhem forma somente no meio do processo de ensaios ou até depois da estreia. Mas é através das palavras que surgem os primeiros conceitos quando uma ideia para o teatro começa a ser germinada. Bem, na verdade, uma peça pode surgir de um gesto, um cenário, um personagem, de uma chuva. Então o que seria o texto de uma peça? Um roteiro da encenação, um guia para os atores e diretores, uma bíblia a ser respeitada à risca na montagem? O fato é que o texto de teatro pode ser tudo isso, pode não ser nada disso e pode ser muitas outras coisas.

Ao começar as pesquisas para as primeiras publicações da Coleção Dramaturgia, na Editora Cobogó, em 2013, fui apresentada a muitos livros de muitas peças. Numa delas, na página em que se esperava ler a lista de personagens, um espanto se transformou em esclarecimento: "Este texto pode ser encenado por um ou mais atores."

Que coisa linda! Ali se esclarecia, para mim, o papel do texto dramático. Ele seria o depositório – escrito – de ideias, conceitos, formas, elementos, objetos, personagens, conversas, ritmos, luzes, silêncios, espaços, ações que deveriam ser elaborados para que um texto virasse encenação. Poderia esclarecer, indicar, ordenar ou, ainda, não dizer. A única questão necessária para que pudesse ser de fato um texto dramático era: o texto precisaria invariavelmente provocar. Provocar reflexões, provocar sons ou silêncios, provocar atores, provocar cenários, provocar movimentos e muito mais. E a quem fosse dada a tarefa de encenar, era entregue a batuta para orquestrar os dados do texto e torná-los encenação. Torná-los teatro.

Esse lugar tão vago e tão instigante, indefinível e da maior clareza, faz do texto dramático uma literatura muito singular. Sim, literatura, por isso o publicamos. Publicamos para pensar a forma do texto, a natureza do texto, o lugar do texto na peça. A partir do desejo de refletir sobre o que é da dramaturgia e o que é da peça encenada, fomos acolhendo mais e mais textos na Coleção Dramaturgia, fazendo com que ela fosse crescendo, alargando o espaço ocupado nas prateleiras das livrarias, nas portas dos teatros, nas estantes de casa para um tipo de leitura com a qual se tinha pouca intimidade ou hábito no Brasil.

Desde o momento em que recebemos um texto, por vezes ainda em fase de ensaio – portanto fadado a mudanças –, até a impressão do livro, trabalhamos junto aos autores, atores, diretores e a quem mais vier a se envolver com esse processo a fim de gravarmos no livro o que aquela dramaturgia demanda, precisa, revela. Mas nosso trabalho segue com a distribuição dos livros nas livrarias, com os debates e leituras promovidos, com os encontros nos festivais de teatro e em tantos outros palcos. Para além de promover o hábito de ler teatro, queremos pensar a dramaturgia com os autores, diretores, atores, produtores e toda a gente do teatro, além de curiosos e apreciadores, e assim refletir sobre o papel do texto, da dramaturgia e seu lugar no teatro.

Ao sermos convidados por Márcia Dias, curadora e diretora do TEMPO_FESTIVAL, em 2015, para publicarmos a Coleção Dramaturgia Espanhola na Editora Cobogó, nosso projeto não apenas ganhou novo propósito, como novos espaços. Pudemos conhecer os modos de escrever teatro na Espanha, ser apresentados a novos autores e ideias, perceber os temas que estavam interessando ao teatro espanhol e apresentar tudo isso ao leitor brasileiro, o que só fortaleceu nosso desejo de divulgar e discutir a dramaturgia contemporânea. Além disso, algumas das peças foram encenadas, uma delas chegou a virar filme, todos projetos realizados no Brasil, a partir das traduções e publicações da Coleção Dramaturgia Espanhola. Desdobramentos gratificantes para textos que têm em sua origem o destino de serem encenados.

Com o convite para participarmos, mais uma vez, junto ao Núcleo dos Festivais Internacionais de Artes Cênicas, do projeto Nova Dramaturgia Francesa e Brasileira, com o apoio da Comédie de Saint-Étienne – Centre Dramatique National, do Institut Français e da Embaixada da França no Brasil, reafirmamos nossa vocação de publicar e fazer chegar aos mais diversos leitores textos dramáticos de diferentes origens, temas e formatos, abrangendo e potencializando o alcance da dramaturgia e as discussões a seu respeito.

A criação do selo Coleção Dramaturgia Francesa promove, assim, um intercâmbio da maior importância, que se completa com a publicação de títulos de dramaturgas e dramaturgos brasileiros – muitos deles publicados originalmente pela Cobogó – na França.

É com a maior alegria que participamos dessa celebração da dramaturgia.

Boa leitura!

Isabel Diegues
Diretora Editorial
Editora Cobogó

Intercâmbio de dramaturgias

O projeto de Internacionalização da Dramaturgia amplia meu contato com o mundo. Através dos textos me conecto com novas ideias, novos universos e conheço pessoas. Movida pelo desejo de ultrapassar fronteiras, transpor limites e tocar o outro, desenvolvo projetos que promovem cruzamentos, encontros e incentivam a criação em suas diferentes formas.

Esse projeto se inicia em 2015 com a tradução de textos espanhóis para o português. Ao ler o posfácio que escrevi para a Coleção Dramartugia Espanhola, publicada pela Editora Cobogó, constatei como já estava latente o meu desejo de ampliar o projeto e traçar o caminho inverso de difundir a dramaturgia brasileira pelo mundo. Hoje, com a concretização do projeto Nova Dramaturgia Francesa e Brasileira, estamos dando um passo importante para a promoção do diálogo entre a produção local e a internacional e, consequentemente, para o estímulo à exportação das artes cênicas brasileiras. É a expansão de territórios e a diversidade da cultura brasileira o que alimenta meu desejo.

Um projeto singular por considerar desde o seu nascimento um fluxo que pertence às margens, às duas culturas.

A Nova Dramaturgia Francesa e Brasileira reúne o trabalho de dramaturgos dos dois países. Imaginamos que este encontro é gerador de movimentos e experiências para além de nossas fronteiras. É como se, através desse projeto, pudéssemos criar uma ponte direta e polifônica, cruzada por muitos olhares.

Como curadora do TEMPO_FESTIVAL, viajo por eventos internacionais de artes cênicas de diferentes países, e sempre retorno com o mesmo sentimento, a mesma inquietação: o teatro brasileiro precisa ser conhecido internacionalmente. É tempo de romper as fronteiras e apresentar sua potência e, assim, despertar interesse pelo mundo. Para que isso aconteça, o Núcleo dos Festivais Internacionais de Artes Cênicas do Brasil vem se empenhando para concretizar a exportação das nossas artes cênicas, o que torna este projeto de Internacionalização da Dramaturgia cada vez mais relevante.

O projeto me inspira, me move. É uma força ativa que expande e busca outros territórios. Desenvolver o intercâmbio com a Holanda e a Argentina são nossos próximos movimentos. O espaço de interação e articulação é potencialmente transformador e pode revelar um novo sentido de fronteira: DAQUELA QUE NOS SEPARA PARA AQUELA QUE NOS UNE.

Sou muito grata ao Arnaud Meunier por possibilitar a realização do projeto, à Comédie de Saint-Étienne – Centre Dramatique National, ao Institut Français, à Embaixada da França no Brasil, à Editora Cobogó, aos diretores do Núcleo dos Festivais Internacionais de Artes Cênicas do Brasil e a Bia Junqueira e a César Augusto pela parceria na realização do TEMPO_FESTIVAL.

Márcia Dias
Curadora e diretora do TEMPO_FESTIVAL

Plataforma de contato entre o Brasil e o mundo

Em 2015, o Núcleo dos Festivais Internacionais de Artes Cênicas do Brasil lançava, junto com a Editora Cobogó, a Coleção Dramaturgia Espanhola. No texto que prefaciava os livros e contava a origem do projeto, Márcia Dias, uma das diretoras do TEMPO_FESTIVAL, se perguntava se haveria a continuidade da proposta e que desdobramentos poderiam surgir daquela primeira experiência. Após três montagens teatrais, com uma indicação para prêmio,[*] e a produção de um filme de longa metragem, que participou de diversos festivais,[**] nasce um

---

[*] *A paz perpétua*, de Juan Mayorga, direção de Aderbal Freire-Filho (2016); *O princípio de Arquimedes*, de Josep Maria Miró, direção de Daniel Dias da Silva, Rio de Janeiro (2017); *Atra Bílis*, de Laila Ripoll, direção de Hugo Rodas (2018); e a indicação na Categoria Especial do 5º Prêmio Questão de Crítica, 2016.

[**] *Aos teus olhos*, adaptação de *O princípio de Arquimedes*, com direção de Carolina Jabor (2018), ganhou os prêmios de Melhor Roteiro (Lucas Paraizo), Ator (Daniel de Oliveira), Ator Coadjuvante (Marco Ricca) e Melhor Longa de Ficção pelo voto popular no Festival do Rio; Prêmio Petrobras de Cinema na 41ª Mostra São Paulo de Melhor Filme de Ficção Brasileiro; e os prêmios de Melhor Direção no 25º Mix Brasil e Melhor Filme da mostra SIGNIS no 39º Festival de Havana.

novo desafio: a Nova Dramaturgia Francesa e Brasileira. Esse projeto, que se inicia sob o signo do intercâmbio, dá continuidade às ações do Núcleo em favor da criação artística e internacionalização das artes cênicas. Em parceria com La Comédie de Saint-Étienne – Centre Dramatique National, Institut Français e Embaixada da França no Brasil, e, mais uma vez, com a Editora Cobogó, a Nova Dramaturgia Francesa e Brasileira prevê tradução, publicação, leitura dramática, intercâmbio e lançamento de oito textos de cada país, em eventos e salas de espetáculos da França e do Brasil.

Essa ação articulada terá duração de dois anos e envolverá todos os festivais integrantes do Núcleo. Durante o ano de 2019, os textos franceses publicados sob o selo Coleção Dramaturgia Francesa, da Editora Cobogó, percorrerão quatro regiões do país, iniciando as atividades na Mostra Internacional de Teatro de São Paulo (MITsp). A partir daí, seguem para o Festival Internacional de Teatro de São José do Rio Preto (FIT Rio Preto), Cena Contemporânea – Festival Internacional de Teatro de Brasília e Festival Internacional de Londrina (FILO). Depois, as atividades se deslocam para o Recife, onde ocorre o RESIDE_FIT/PE Festival Internacional de Teatro de Pernambuco e, logo após, desembarcam no Porto Alegre em Cena – Festival Internacional de Artes Cênicas e no TEMPO_FESTIVAL – Festival Internacional de Artes Cênicas do Rio de Janeiro. A finalização do circuito acontece no Festival Internacional de Artes Cênicas da Bahia (FIAC Bahia), em Salvador.

Em 2020, será a vez dos autores e textos brasileiros cumprirem uma agenda de lançamentos no Théâtre National de La Colline, em Paris, no Festival Actoral, em Marselha, em La Comédie de Saint-Étienne, na cidade de mesmo nome.

Confere singularidade ao projeto Nova Dramaturgia Francesa e Brasileira a ênfase no gesto artístico. A escolha de envolver diretores-dramaturgos para fazer a tradução dos textos para o português reconhece um saber da escrita do teatro que se constrói e amadurece nas salas de ensaio. Os artistas brasileiros que integram o grupo de tradutores são Alexandre Dal Farra, que traduz *J'ai pris mon père sur mes épaules*, de Fabrice Melquiot; Gabriel F., responsável por *C'est la vie*, de Mohamed El Khatib; Grace Passô, que traduz *Poings*, de Pauline Peyrade; a Jezebel de Carli cabe *La brûlure*, de Hubert Colas; Marcio Abreu se debruça sobre *Pulvérisés*, de Alexandra Badea; Pedro Kosovski faz a tradução de *J'ai bien fait?*, de Pauline Sales; Grupo Carmin trabalha com *Où et quand nous sommes morts*, de Riad Gahmi; e, finalmente, Renato Forin Jr. traduz *Des hommes qui tombent*, de Marion Aubert.

Outra característica do projeto é, ainda, a leitura dramatizada dos textos. Em um formato de minirresidência, artistas brasileiros, junto a cada autor francês, compartilham o processo criativo e preparam a leitura das peças. Cada um dos Festivais que integram o Núcleo apresenta o resultado desse processo e realiza o lançamento do respectivo livro. Será assim que as plateias francesas conhecerão *Amores surdos*, de Grace Passô; *Jacy*, de Henrique Fontes, Pablo Capistrano e Iracema Macedo; *Caranguejo overdrive*, de Pedro Kosovski; *Maré* e, também, *Vida*, de Marcio Abreu; *Mateus 10*, de Alexandre Dal Farra; *Ovo*, de Renato Forin Jr.; *Adaptação*, de Gabriel F.; e *Ramal 340*, de Jezebel de Carli, que serão dirigidos por artistas franceses.

Essa iniciativa convida a pensar sobre o papel do Núcleo no campo das artes cênicas, sobre seu comprometimento e interesse na produção artística. Temos, ao longo dos anos, promovido ações que contribuem para a criação, difusão, formação e divulgação das artes da cena, assumindo o papel de uma plataforma dinâmica na qual se cruzam diferentes atividades.

A chegada à segunda edição do projeto poderia sugerir uma conclusão, o porto seguro das incertezas da primeira experiência. Mas, pelo contrário, renovam-se expectativas. É das inquietações que fazemos nossa nova aventura, força que nos anima.

Núcleo dos Festivais Internacionais de Artes Cênicas do Brasil

Cena Contemporânea – Festival Internacional de Teatro de Brasília

Festival Internacional de Artes Cênicas da Bahia – FIAC Bahia

Festival Internacional de Londrina – FILO

Festival Internacional de Teatro de São José do Rio Preto – FIT Rio Preto

Mostra Internacional de Teatro de São Paulo – MITsp

Porto Alegre em Cena – Festival Internacional de Artes Cênicas

RESIDE_FIT/PE – Festival Internacional de Teatro de Pernambuco

TEMPO_FESTIVAL – Festival Internacional de Artes Cênicas do Rio de Janeiro

CIP-BRASIL. CATALOGAÇÃO-NA-FONTE
SINDICATO NACIONAL DOS EDITORES DE LIVROS, RJ

Peyrade, Pauline
P616p   Punhos / Pauline Peyrade; tradução Grace Passô.- 1. ed.- Rio de Janeiro: Cobogó, 2019.
96 p.; 19 cm. (Dramaturgia francesa; 8)
Tradução de: Poings
ISBN 978-85-5591-104-0

1. Teatro francês. I. Passô, Grace. II. Título. III. Série.

19-61243
CDD: 842
CDU: 82-2(44)

Meri Gleice Rodrigues de Souza- Bibliotecária CRB-7/6439

Nesta edição, foi respeitado o Acordo Ortográfico da Língua Portuguesa de 1990, que entrou em vigor no Brasil em 2009.

Todos os direitos em língua portuguesa reservados à
Editora de Livros Cobogó Ltda.
Rua Jardim Botânico, 635/406
Rio de Janeiro – RJ – 22470-050
www.cobogo.com.br

© Editora de Livros Cobogó

Texto
Pauline Peyrade

Tradução
Grace Passô

Colaboração em tradução
Graciene Vernay
Gladys Paes de Souza

Editora-chefe
Isabel Diegues

Editora
Natalie Lima

Gerente de produção
Melina Bial

Revisão da tradução
Sofia Soter

Revisão
Eduardo Carneiro

Capa
Radiográfico

Projeto gráfico e diagramação
Mari Taboada

A Coleção Dramaturgia Francesa
faz parte do projeto
Nova Dramaturgia Francesa e Brasileira

Idealização
Márcia Dias

Direção artística e de produção Brasil
Márcia Dias

Direção artística França
Arnaud Meunier

Coordenação geral Brasil
Núcleo dos Festivais Internacionais
de Artes Cênicas do Brasil

Publicação dos autores
brasileiros na França
Éditions D'ores et déjà

Outros títulos desta coleção:

COLEÇÃO DRAMATURGIA FRANCESA

É A VIDA, de Mohamed El Khatib | Tradução Gabriel F.

FIZ BEM?, de Pauline Sales | Tradução Pedro Kosovski

ONDE E QUANDO NÓS MORREMOS, de Riad Gahmi | Tradução Grupo Carmin

PULVERIZADOS, de Alexandra Badea | Tradução Marcio Abreu

EU CARREGUEI MEU PAI SOBRE MEUS OMBROS, de Fabrice Melquiot | Tradução Alexandre Dal Farra

HOMENS QUE CAEM, de Marion Aubert | Tradução Renato Forin Jr.

QUEIMADURAS, de Hubert Colas | Tradução Jezebel De Carli

COLEÇÃO DRAMATURGIA ESPANHOLA

A PAZ PERPÉTUA, de Juan Mayorga | Tradução Aderbal Freire-Filho

ATRA BÍLIS, de Laila Ripoll | Tradução Hugo Rodas

CACHORRO MORTO NA LAVANDERIA: OS FORTES, de Angélica Liddell | Tradução Beatriz Sayad

CLIFF (PRECIPÍCIO), de José Alberto Conejero | Tradução Fernando Yamamoto

DENTRO DA TERRA, de Paco Bezerra | Tradução Roberto Alvim

MÜNCHAUSEN, de Lucía Vilanova | Tradução Pedro Brício

NN12, de Gracia Morales | Tradução Gilberto Gawronski

O PRINCÍPIO DE ARQUIMEDES, de Josep Maria Miró i Coromina
Tradução Luís Artur Nunes

OS CORPOS PERDIDOS, de José Manuel Mora | Tradução Cibele Forjaz

APRÈS MOI, LE DÉLUGE (DEPOIS DE MIM, O DILÚVIO), de Lluïsa Cunillé | Tradução Marcio Meirelles

COLEÇÃO DRAMATURGIA

ALGUÉM ACABA DE MORRER LÁ FORA, de Jô Bilac

NINGUÉM FALOU QUE SERIA FÁCIL, de Felipe Rocha

TRABALHOS DE AMORES QUASE PERDIDOS, de Pedro Brício

NEM UM DIA SE PASSA SEM NOTÍCIAS SUAS, de Daniela Pereira de Carvalho

OS ESTONIANOS, de Julia Spadaccini

PONTO DE FUGA, de Rodrigo Nogueira

POR ELISE, de Grace Passô

MARCHA PARA ZENTURO, de Grace Passô

AMORES SURDOS, de Grace Passô

CONGRESSO INTERNACIONAL DO MEDO, de Grace Passô

IN ON IT | A PRIMEIRA VISTA, de Daniel MacIvor

INCÊNDIOS, de Wajdi Mouawad

CINE MONSTRO, de Daniel MacIvor

CONSELHO DE CLASSE, de Jô Bilac

CARA DE CAVALO, de Pedro Kosovski

GARRAS CURVAS E UM CANTO SEDUTOR, de Daniele Avila Small

OS MAMUTES, de Jô Bilac

INFÂNCIA, TIROS E PLUMAS, de Jô Bilac

NEM MESMO TODO O OCEANO, adaptação de Inez Viana do romance de Alcione Araújo

NÔMADES, de Marcio Abreu e Patrick Pessoa

CARANGUEJO OVERDRIVE, de Pedro Kosovski

BR-TRANS, de Silvero Pereira

KRUM, de Hanoch Levin

MARÉ/PROJETO bRASIL, de Marcio Abreu

AS PALAVRAS E AS COISAS, de Pedro Brício

MATA TEU PAI, de Grace Passô

ÃRRÃ, de Vinicius Calderoni

JANIS, de Diogo Liberano

NÃO NEM NADA, de Vinicius Calderoni

CHORUME, de Vinicius Calderoni

GUANABARA CANIBAL, de Pedro Kosovski

TOM NA FAZENDA, de Michel Marc Bouchard

OS ARQUEÓLOGOS, de Vinicius Calderoni

ESCUTA!, de Francisco Ohana

ROSE, de Cecilia Ripoll

O ENIGMA DO BOM DIA, de Olga Almeida

A ÚLTIMA PEÇA, de Inez Viana

BURAQUINHOS OU O VENTO É INIMIGO DO PICUMÃ, de Jhonny Salaberg

PASSARINHO, de Ana Kutner

INSETOS, de Jô Bilac

A TROPA, de Gustavo Pinheiro

A GARAGEM, de Felipe Haiut

SILÊNCIO.DOC, de Marcelo Varzea

PRETO, de Grace Passô, Marcio Abreu e Nadja Naira

MARTA, ROSA E JOÃO, de Malu Galli

MATO CHEIO, de Carcaça de Poéticas Negras

YELLOW BASTARD, de Diogo Liberano

SINFONIA SONHO, de Diogo Liberano

SÓ PERCEBO QUE ESTOU CORRENDO QUANDO VEJO QUE ESTOU CAINDO, de Lane Lopes

SAIA, de Marcéli Torquato

DESCULPE O TRANSTORNO, de Jonatan Magella

TUKANKÁTON + O TERCEIRO SINAL, de Otávio Frias Filho

SUELEN NARA IAN, de Luisa Arraes

2019

1ª impressão

Este livro foi composto em Univers.
Impresso pela Imo's Gráfica
sobre papel Pólen Bold LD 70g/m².